Dure nuit
pour Delphine

Que vous croyiez ou non
à la fée des dents visitez notre site :
www.soulieresediteur.com

**De la même auteure
chez d'autres éditeurs :**

Le duc de Godendard, Dominique & cie
coll. Roman bleu 2005

*Mon premier baiser/Mon premier voyage/Ma
première folie*, éditions Foulire coll. Trio
rigolo 2005

Le coq de San Vito, Dominique & cie coll.
Roman bleu 2004

Méchant Coco !, Dominique & cie coll.
Libellule 1999

L'Été des autres, Boréal coll. Boréal Inter
Inter 1991. Finaliste pour le prix du
Gouverneur Général en 1991

Le blond des cartes, Québec/ Amérique
coll. Jeunesse/Roman plus, 1989

Dure nuit
pour Delphine

un roman écrit par Johanne Mercier
et illustré par Christian Daigle

SOULIÈRES ÉDITEUR

case postale 36563 — 598, rue Victoria
Saint-Lambert (Québec) J4P 3S8

Soulières éditeur remercie le Conseil des Arts du Canada et la
SODEC de l'aide accordée à son programme de publication
et reconnaît l'aide financière du gouvernement du Canada par
l'entremise du Programme d'Aide au Développement de
l'Industrie de l'Édition (PADIÉ) pour ses activités d'édition.
Soulières éditeur bénéficie également du Programme de
crédit d'impôt pour l'édition de livres – Gestion Sodec – du
gouvernement du Québec.

Dépôt légal: 2005
Bibliothèque nationale du Canada
Bibliothèque nationale du Québec

Données de catalogage avant publication (Canada)

Mercier, Johanne

   Dure nuit pour Delphine

   (Collection Ma petite vache a mal aux pattes ; 62)

   Pour enfants de 6 ans et plus.

   ISBN 2-89607-023-0

   I. Daigle, Christian, 1968-   . II. Titre. III. Collection.
PS8576.E687D87 2005   jC843'.54   C2005-940507-4
PS9576.E687D87 2005

Illustrations de la couverture
et illustrations intérieures:
Christian Daigle

Conception graphique de la couverture:
Annie Pencrec'h

Logo de la collection:
Caroline Merola

*Une histoire
pour faire sourire Antoine.*

Chapitre 1

Une mission toute simple

—La mission est simple, a-t-on dit à la fée Delphine. Trouver la chambre. Prendre la dent sous l'oreiller. Placer la pièce et filer.

—Cela ne semble pas très compliqué en effet, a répondu la fée.

—Vous avez déjà remplacé la fée des dents ?

—C'est-à-dire que...

—Vous avez déjà remplacé d'autres fées ?

—Je…

—Bon. Tant pis. Il faut faire vite ! La fée des dents est clouée au lit. Il y a 859 maisons à visiter cette nuit.

—Combien ?

—Voici le sac de sous, les adresses et son chapeau pointu.

—Y'a pas une robe aussi ?

—Dernière chose...

—Oui ?

—Vous devez toujours passer inaperçue, vous m'entendez ?

—Cela va de soi.

—Personne ne doit soupçonner votre présence.

—Comptez sur moi.

—Bonne chance !

Et voilà !

Prête à relever le défi de sa vie, la fée remplaçante disparaît dans la nuit.

Chapitre 2

La première maison

Une heure trente-sept. Une heure trente-sept déjà. À cette heure, Delphine devrait avoir visité plus d'une centaine de maisons. Elle devrait en être au tiers de sa mission. Peut-être même sur le point de la terminer si le vent souffle du bon côté. Mais il n'en est rien.

En ce moment, notre fée est toujours au 27, rue de L'ombre. La toute première maison où elle est apparue. Et pour tout vous dire, elle est debout sur le comptoir de la cuisine.

Son problème, c'est Gaspard. Un chien énorme qui la fixe depuis son arrivée. Il hésite. Devrait-il japper pour alerter la maisonnée ou croquer le jarret dodu de la visiteuse quand elle descendra du comptoir ? Les deux options sont bien tentantes.

La fée aurait dû spécifier qu'elle n'aimait pas tellement les toutous énormes. Mais on ne peut pas penser à tout quand on part pour sa première mission. Bien sûr, un petit coup de baguette magique et le malheureux se transformerait en insecte boiteux mais, pour cela, il aurait

fallu apporter la baguette magique. Que voulez-vous, Delphine a oublié la baguette magique aussi. Elle est partie tellement vite. Même qu'en ce moment elle se demande si elle n'aurait pas laissé les ronds de la cuisinière allumés…

Le chien est toujours là avec ses yeux méchants, ses crocs menaçants et tout et tout. Mais comme une fée ne peut tout de même pas passer la nuit debout

sur un comptoir, elle se décide enfin à sauter.

—Taïaut ! hurle Delphine dans un élan de courage qui la surprend elle-même.

La fée se précipite aussitôt vers le frigo, l'ouvre avec frénésie et jette, sur le plancher verni, un poulet rôti au toutou déjà conquis.

La voie est libre. Sa mission peut commencer.

Il est à peu près temps d'ailleurs.

Presque deux heures du matin.

« Trouver la chambre, prendre la dent, placer la pièce et filer ! » se répète la fée en se dirigeant à pas feutrés jusqu'à l'escalier.

Si elle réussit cette première mission, il y a bien des chances

qu'elle décroche de nouveaux contrats de suppléance. Gloire et fortune l'attendent peut-être au détour de cette nuit. Car il faut bien dire ce qui est, Delphine a bien des comptes à payer, la pauvre. Les gens ignorent le drame des comptes de fées…

Elle monte. Sans faire de bruit. Sans ouvrir la lumière. Sans respirer.

« Jusqu'à maintenant, tout va bien, se répète Delphine pour se donner du courage. Tout va très très bien. »

C'est à ce moment précis que les choses ont commencé à mal tourner.

Chapitre 3

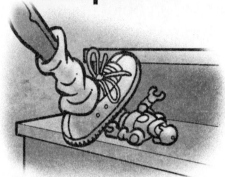

Au milieu de la 17ᵉ marche

Dans l'obscurité, la fée ne l'a pas vu. Personne ne l'aurait vu. À moins d'ouvrir la lumière, ce qui était hors de question. À moins d'avoir une lampe de poche, ce qu'elle n'avait pas prévu. À moins de faire attention où l'on pose les pieds, ce qu'elle croyait pourtant avoir fait.

Au milieu de la dix-septième marche, un objet qui avait toutes les apparences d'un super héros en plastique lui a fait exécuter un triple salto arrière.Un triple salto suivi d'une double vrille sans élan qui s'est terminée en un douloureux glissando sur les fesses.

Les spectaculaires beding bedang ! que vient de faire Delphine en déboulant les marches réveilleront-ils la famille Michaud ?

—Chéri ?

—Mmmmm ?

—As-tu entendu ?

—Quoi ?

—On aurait dit…

—On aurait dit quoi ?

—On aurait dit un hippopotame.

—Un hippopotame ?

—Un hippopotame qui déboulait l'escalier.

—Bonne nuit, ma chérie.

Delphine n'apprécie pas tellement la comparaison avec l'hippopotame. Elle a bien pris quelques petits kilos ces derniers temps, mais tout de même… un hippopotame ! N'empêche, il faudrait peut-être oublier les desserts.

—Tu vas voir ou j'y vais ? insiste madame Michaud.

La fée panique.

« Il ne faut surtout pas qu'on me trouve ici ! »

Delphine se traîne jusqu'au premier abri sûr : l'armoire à

balais, s'enferme dans le noir, tend l'oreille et attend.

Elle attend un looong moment.

Heureusement, personne ne descend !

« Tout va bien, se dit la fée en sortant du placard à balais vingt minutes plus tard, tout va très très bien. »

Elle est un peu courbaturée, mais bon. Ses yeux sont bouffis, son nez coule, sa gorge pique, elle manque d'air, mais tant pis. Son séjour dans l'armoire à balais a réveillé ses allergies à la poussière et après ?

« Ce n'est pas le moment de s'apitoyer ! se dit Delphine. Surtout ne pas perdre de vue la AA-AAtchi !!... La mission. Trouver la chambre, prendre la dent sous l'oreiller, placer la pièce et AAA-AAAtchi ! Et filer. »

Les tonitruants AAAAAAtchi !
de la fée réveilleront-ils la famille
Michaud ?

—Chéri ?

—Mmmmmm ?

—As-tu entendu ?

—Quoi ?

—On aurait dit quelqu'un qui
éternuait.

—C'est ton hippopotame qui
est grippé. Bonne nuit, ma chérie.

—Tu vas voir ou j'y vais ? insiste madame Michaud.

Delphine panique de plus
belle.

Elle se précipite dans la salle
de bains, saute dans la bai-
gnoire, se camoufle derrière les
rideaux de la douche. Et attend.

Elle attend un looong moment.

Heureusement, personne ne
descend.

Disparaître serait la meilleure solution. Oublier la mission. Repartir à neuf dans une autre maison sans chien, sans poussière, sans problème.

Mais que dirait le pauvre Émile au petit matin quand il trouverait sa dent plutôt qu'une pièce sous l'oreiller ?

Non, Delphine n'abandonnera pas. Elle est digne de confiance. Et cette nuit, sa loyauté ne se démentira pas.

Pendant qu'elle réfléchit tranquillement, la fée a-t-elle remarqué que les longues manches de sa robe sont accrochées aux robinets et qu'au moindre mouvement une catastrophe pourrait très bien…

POUIICHHHHHHHHHHHHHHH HHHHH!!!!!!!

Trop tard.

Sa robe dégouline. Ses cheveux dégoulinent. Et que dire du piteux état du chapeau pointu.

—Ce costume est ridicule ! grogne-t-elle en essayant de tordre sa robe de fée. Impossible de travailler avec cet accoutrement ! Pour les fées qui transforment des grenouilles en prince cela convient, mais pour nous,

les vraies travailleuses de terrain, ce n'est pas possible !

Évidemment, un coup de baguette magique et elle serait parfaitement sèche la robe de fée… mais bon. Ne tournons pas le fer dans la plaie. Ce n'est pas le moment.

N'empêche : pour la prochaine mission, ce serait bien de ne pas oublier la baguette.

Bon bon bon. N'en parlons plus.

Delphine fouille dans le panier de linge à plier de la famille Michaud et tombe sur une chemise de nuit en flanelle qui fera très bien l'affaire. Elle l'enfile, le temps de faire sécher la robe. Mais comment la faire sécher justement ? Il n'est absolument pas question de mettre une robe de fée des dents dans la sécheuse. Elle rétrécirait. Delphine s'en voudrait tellement d'abîmer la

magnifique robe bleu ciel étoilé…
Non. Pas question de courir un
tel risque.

« Allumer un feu, peut-être ?
Oui. Un petit feu de rien du tout…»

Sans faire de bruit, la fée place
quelques bûches dans le foyer,
allume et attise. Elle installe pré-
cieusement la robe détrempée
devant l'âtre et place le chapeau
pointu pour qu'il sèche aussi.

Cela dit entre nous, le chapeau, ce n'est pas certain qu'elle le sauvera, mais gardons espoir, pour le moment.

Delphine s'assoit face au feu. Le toutou qui, depuis le gros poulet rôti, considère la fée comme sa meilleure amie, vient se coucher près d'elle.

Instant de bonheur.

Un bon feu qui crépite, une chemise de nuit douillette et un toutou fidèle à ses pieds. Manquerait juste… une bonne grosse pointe de tarte aux pommes pour compléter le tableau. Tarte aux pommes qu'elle a aperçue dans le frigo et qu'elle ne peut chasser de ses pensées depuis.

Il y a des rencontres qui ne s'oublient pas.

Chapitre 4

Une drôle d'odeur

Récapitulons.

Il est presque trois heures du matin. La fée, à qui on a demandé de remplacer la fée des dents, a 859 maisons à visiter cette nuit. Elle ignore encore où se trouve la chambre du petit Émile, la dent est toujours sous l'oreiller, la pièce est encore dans son sac et voilà qu'elle déguste une pointe de tarte aux pommes.

You hou ! madame la fée. On se dépêche un petit peu ?

Les yeux mi-clos, Delphine savoure son dessert à petites bouchées en se promettant de commencer son régime demain sans faute.

Perdue dans ses pensées, elle rate la petite étincelle qui s'échappe du foyer et ravage déjà la robe. Ravage qui semble vouloir s'étendre sur la moquette d'ailleurs, si la fée n'intervient pas.

—Oh noon… gémit Delphine. Noon noon noon ! répète-t-elle en jetant dans le foyer la robe en flammes.

Tout y passe, la fourchette, la tarte, l'assiette et le chapeau pointu. Cocktail pas très réjouissant.

La spectaculaire odeur qui monte réveillera-t-elle la famille Michaud ?

—Chéri ?

—Mmmmmm ?

—Y'a pas une drôle d'odeur ?

—Meuuuh non.

—On dirait… une odeur de fumée.

—C'est ton hippopotame qui se fait un barbecue. Bonne nuit, ma chérie.

En bas, Delphine tente de limiter les dégâts du mieux qu'elle peut. Mais une épaisse fumée noire se répand partout dans la maison.

« Tout va bien, tout va très très bien, se répète la fée suppléante en se dirigeant à grands pas vers l'escalier. Prendre l'oreiller, trouver la pièce, placer la chambre et filer… »

La fée monte.

Hélas, la fumée arrive à l'étage bien avant elle. La fumée monte, monte jusqu'au détecteur de fumée qui n'en demande pas plus pour se déclencher. La famille Michaud se réveille en sursaut.

Cette fois, tout le monde descend !

Chapitre 5

Quelqu'un dans le placard

Les pompiers arrivent sur les lieux. Sirènes, gyrophares, grande échelle et tout le bataclan. Les voisins s'attroupent, s'inquiètent, s'agitent, paniquent, s'affolent. Le malheur frappe la famille Michaud ! Une si gentille famille ! Une si jolie maison…

—Évacuez les lieux ! hurlent

les pompiers qui font irruption
dans la maison. Allez… vite, on
ne perd pas de temps !

Le petit Émile sort. Le papa
sort. La maman sort. Et la petite
soeur sort aussi. Mais le chien
refuse de sortir, lui. Il reste cou-

ché devant l'armoire à balais, tout penaud et menace de ses crocs le premier qui s'aviserait de le faire bouger.

— Y'a sûrement quelqu'un làdedans ! crie le pompier qui tente aussitôt d'ouvrir le placard à balais.

Étrangement, le placard semble verrouillé de l'intérieur…

—On défonce ? demande un pompier, hache en main.

—On défonce !

Et les voilà qui défoncent avec ardeur. Les murs autour de l'armoire à balais s'écroulent. Les morceaux volent un peu partout. Le chien ne bronche pas.

« Tout va bien, se dit la fée dans l'armoire à balais. Tout va très très très très bien. »

La porte finit par tomber.

Bedang !

Les pompiers ont beau fouiller, scruter, explorer, ils ne trouvent dans l'armoire à balais que… des balais. Le chien fouille, scrute et explore aussi. Pas de fée, pas de trace de fée, même pas de trace de pas de fée.

Chapitre 6

Mystère et
os de poulet

Le jour se lève. Des voisins ont hébergé la famille Michaud. Deux inspecteurs sont déjà sur les lieux du sinistre. Que s'est-il passé au 27, rue de L'Ombre cette nuit ? Mystère…

—Regardez, chef. Je trouve des os de poulet partout.

—On va les faire analyser.

—Le feu a visiblement pris naissance ici, chef. Près du foyer ! Des objets suspects ont servi à nourrir les flammes.

—Comme ?

—Tissu bizarre, fourchette, assiette… on a vraisemblablement tenté d'éteindre les flammes avec du jus d'ananas, chef.

—Es-tu certain de ce que tu avances, Bob ?

—Peut-être aux petits fruits des champs, mais ça m'étonnerait.

L'enquête piétine.

Difficile de faire le lien entre les os de poulet sur le plancher, les objets tordus dans la cheminée et le chien qui sanglote devant l'armoire à balais.

Et comme pour ajouter au mystère, comme si cette histoire

n'était pas suffisamment compli-
quée :

—Regardez ce que je viens
de trouver dans l'armoire à
balais, chef.

—Oui. Bon, une pièce de
monnaie et après ?

—Il y a un petit mot avec la
pièce de monnaie, chef.

—Un petit mot ?

S.V.P.
Placer cette pièce sous
l'oreiller du petit Émile.
Grand merci.

—Voilà qui nous avance beaucoup. Va mettre ça dans la chambre du petit.

—Où chef ?

—Trouve la chambre, mets la
pièce sous l'oreiller, c'est pourtant
pas sorcier !

L'assistant exécute la mission en deux temps trois mouvements.

—Chef ?

—Quoi encore ?

—Regardez ce que j'ai trouvé en plaçant la pièce sous l'oreiller.

—Qu'est-ce que c'est au juste ?

—Tout porte à croire qu'il s'agit d'une dent, chef.

—On va faire analyser ça aussi.

—Bien chef.

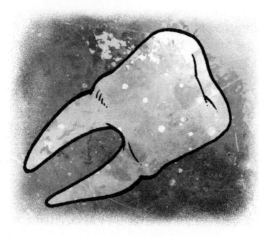

Chapitre 7

Prête pour un nouveau défi !

—Disons que ce n'est pas tout à fait ce qu'on appelle « passer inaperçue » a-t-on dit à la fée suppléante, au retour de sa mission.

—Je suis tellement désolée, a murmuré Delphine.

—Sûrement pas autant que la famille Michaud.

—Je sais.

—Combien de maisons avez-vous visitées ?

—En tout ?

—Oui.

—Une.

—C'est pas beaucoup.

—Je sais. Heu…

—Oui ?

—Pour ma prochaine mission, j'aimerais que vous notiez dans mon dossier que je n'aime pas tellement les chiens.

—Bien.

—Notez aussi mon allergie à la poussière.

—Bien.

—Vous n'écrivez pas ?

—Soyez sans crainte, ma chère. Avec la nuit que vous venez de passer, nous ne sommes pas près de vous oublier !

—C'est gentil.

Et voilà !

Prête à relever un deuxième grand défi, Delphine disparut et se glissa dans son lit.

Johanne Mercier

 Un jour, mon fils Antoine m'a confié qu'il trouvait la fée des dents vraiment géniale parce qu'elle réussissait toujours à faire son travail sans jamais réveiller personne. Il m'a fait réfléchir.

Est-ce qu'on se rend vraiment compte de toute l'organisation, la détermination, l'adresse et le courage qui se cachent derrière ce petit geste en apparence anodin qu'est celui de remplacer une dent par un sou pendant que tout le monde dort tranquillement ? Réalisons-nous vraiment l'ampleur de cette tâche ?

Poussant ma réflexion davantage, j'ai vraiment paniqué à l'idée que la fée des dents puisse un jour devoir se faire remplacer par une novice, ne serait-ce que le temps d'une grippe.

Qu'arriverait-il ? Je n'en ai pas dormi de la nuit. Et j'ai imaginé cette histoire.

Est-ce mon passé de suppléante dans les écoles primaires qui a refait surface ? Peut-être bien. Chose certaine, *Dure nuit pour Delphine* est un hommage à la fée des dents pour qui j'ai une profonde admiration, mais aussi un hommage à toutes les suppléantes de la Terre.

Christian Daigle

Quand Johanne m'a proposé d'illustrer un de ses romans, j'ai d'abord été emballé. Mais je suis resté perplexe lorsqu'elle m'a appris que le personnage principal était la fée des dents. Il y avait tellement longtemps qu'elle m'avait visité que j'en ai oublié son visage… pour dire vrai, je dormais lorsqu'elle venait prendre mes dents sous l'oreiller… Mais, finalement, soucieux de faire un travail bien documenté, j'ai réussi, après maintes tentatives infructueuses (j'ai le sommeil plutôt lourd), à voir la fée des dents en personne. J'espère qu'elle appréciera le portrait que j'ai fait d'elle dans ce roman.

MA PETITE VACHE A MAL AUX PATTES